Textskafferiet

av

Gun–Christine

Ström

ett smakprov på olika texttyper kryddat med franska ingredienser

Förlag: BoD – Books on Demand, Stockholm, Sverige
Tryck: BoD – Books on Demand, Norderstedt, Tyskland
ISBN: 978-91-8007-835-1

Les hors d'oeuvres (förrätt) - aptitretare (lättsmälta texter)

Dikt: En sol/Un soleil

Recept: Moules Marinères

Kåseri: Näsby i mitt hjärta

L'entrée(huvudrätt) - lite "mustigare" texter (svårsmälta texter)

Faktatext: le Lycée International

Essä: Svenska skolans uppgång och fall

Krönika: Språkkrav och krav på språket

Novell: Le Syndrôme de Paris/Parissyndromet

Le Dessert (efterrätt) - som en calvados till kaffet

Filmrecension: Pelle Erövraren

Eftermäle: Epitafium över min mor

En sol

En sol värmer på vår jord.
Den solen gör mjuka, vänliga ord.
Den värmer dig och mig.
När slocknar den, säg?

När grymheten tar överbord.
Då försvinner kärleken på vår jord.
Då försvinner den solen som lyser här.
Och aldrig mera blir nån kär.

Men ännu finns stänk av hoppet kvar.
Att föda nya, soliga dar.
Tänk om du och jag,
plötsligt försvinner den dag!

När grymheten tar över bord.
Då försvinner kärleken på vår jord.
Då försvinner den sol som lyser här.
Och aldrig mera blir nån kär.

Moules marinières ("Musslor på sjömanshustruns vis")

På 90-talet bodde jag i Paris och kunde då njuta av det franska köket.
Om man tycker om fisk och skaldjur så rekommenderar jag varmt musslor i vitt vin och grädde.

De är lätta att tillaga både som förrätt och som huvudrätt med pommes frites till.

Det blir då en rätt som kallas Moules frites/Musslor och pommes frites.

Du köper färska musslor i fiskaffär eller från fiskbilar utanför stormarknaderna (vissa dagar).

Det finns också frysta musslor i de flesta välsorterade större livsmedelsbutikerna. Om du väljer detta alternativ så finns recept på förpackningen.

Tvätta musslorna (färska). De som är öppna ska du slänga. Skala och hacka schalottenlök och vitlök, som du fräser lite lätt direkt i den stora grytan.

Häll i vinet (vitt vin rekommenderas).

Om du inte dricker alkohol så tänk på att alkoholen försvinner när du kokar vin eftersom det avdunstar i värmen. Då kan du välja ett alkoholfritt alternativ som dryck till maten.

Bon appétit!

1000 g - 4 personer (förrätt) och 2 personer (huvudrätt)

1000 gram blåmusslor

2 matskedar olivolja

2-3 deciliter vitt vin

2-3 deciliter grädde

1 schalottenlök

1 vitlöksklyfta

3 matskedar persilja

Gör så här:

1. Koka musslorna i några minuter tills skalen öppnat sig. De som inte öppnar sig slängs.
2. Ta upp de öppnade musslorna med en hålslev och lägg i en skål.
3. Koka vin spadet i fem minuter.
4. Tillsätt persiljan och grädden. Koka upp.
5. Krydda med salt och peppar.

Musslorna och spadet läggs i en djup tallrik med sås spadet. Servera med ett gott vitt bröd som man kan suga upp det sista av såsen med och njuta fullt ut av denna enkla, men utsökta rätt. Det är mycket vanligt att man gör så i Frankrike, speciellt om maten är god. I Sverige kan det anses lite ofint. Men att vara internationell är aldrig fel. Det är även vanligt att man tar det första skalet som blir tomt och använder som verktyg för att få ut de resterande musslorna.

Näsby i mitt hjärta

Efter över tjugo år har jag nu "gjort slut" med Näsby.
Det är med blandade känslor som jag lämnar Näsby fält med hundmöten, människomöten och naturupplevelser bakom mig.

Första gången som jag bodde här var i början av åttiotalet när jag gick på lärarhögskolan inne i stan. På den tiden var Näsby fält i statens ägo (militärt övningsfält) och jag minns att jag ovetandes plockade en blandning av fridlysta och icke fridlysta växter som torkades och lämnades in till handledaren i biologi. Jag hämtade aldrig ut min samling efter att ha insett mitt misstag.

Andra gången var i början av tvåtusentalet efter det att jag hade bott på annan ort. Jag hade då hunnit skaffa hund och på den tiden var inte Näsby fält naturskyddat, utan hundarna kunde springa fritt - om de kom vid inkallning. Minns speciellt ett tillfälle när jag hade två hundar och den ena irrade bort sig och inte hittade tillbaka. Jag fick engagera en skallgångskedja och när det blev mörkt höll vi på att ge upp. Då kom det en bil som körde rakt mot oss och jag stannade den och frågade om de sett en förvirrad hund. Det hade de, hunden satt i bilen och de är idag några av mina bästa vänner.

Tredje gången var efter att ha bott i hus och ville tillbaka till ett enklare och mer lättskött boende. Det är inte samma människor som bor här längre. De äldre har försvunnit efter hand och de nya som flyttar in är de som gjort bostadskarriär genom att flytta från hyresrätt i Gamlegården till bostadsrätt i 96:an eller HSB på Näsby.

När jag nu flyttar till Åhus kommer jag att sakna alla trevliga hundmöten, Näsby fält och min gamla bostadsrättsförening. Men jag kommer att få uppleva nya hundmöten, strandpromenader och nya kontakter. Jag kommer då och då att besöka fältet, Gamlegårdens Centrum och hälsa på mina vänner på Näsby.

Lycéet

Presentation

Le Lycée International de Saint Germain-en-Laye ligger två mil rakt västerut från Paris.

Det är en statlig fransk grund- och gymnasieskola som grundades 1952. Det finns ca tre tusen elever från förskolan (la maternelle) och upp till studenten (le baccalaureat). Eleverna tillhör någon av de 10 utländska sektionerna (svenska, dansk/norska, holländska, brittiska, tyska, italienska, spanska, portugisiska amerikanska och japanska) och har undervisning två halvdagar i veckan i modersmålet och SO-ämnena).

Skolgång

När eleven tar studenten så har de behörighet att söka både till franska och utländska universitet (IB). Man tar emot både franska elever som har kopplingar till någon av de utländska sektionerna, samt utländska elever som vistas i Frankrike kortare eller längre tid. Första året placeras eleven i en förberedelseklass där de får intensivträning i det nya språket (francais special).

Den franska delen av undervisningen följer det franska statliga systemet, som delar in stadierna i Primärstadiet (låg- och mellanstadiet), samt Sekundärstadiet (högstadiet och gymnasiet). Eleverna börjar vid sex års ålder och de har en tioårig utbildning framför sig.

Skillnader till Sverige

Till skillnad från Sverige är skoldagen mycket längre då man börjar klockan 9 och slutar klockan 17 på samtliga stadier. En annan skillnad är att man har ett treterminssystem, där höstterminen börjar i september och vårterminen slutar i början av juli.

Betygssystemet är även det annorlunda: på låg och mellanstadiet använder man A-F där A är högsta betyg och på högstadiet/gymnasiet använder man en sifferskala 1-20 där 20 är högsta poäng.

Källa: Svenska sektionens informationsbroschyr 1992

Svenska skolans uppgång och fall

Inledning

Jag har kallat min essä för Svenska skolans uppgång och fall då man kan ställa sig frågan vari fallet består och orsaken till detsamma.

Detta är på intet sätt en vetenskaplig text. Men då jag under mina fyrtio år som lärare alltid har stått för hemspråkens betydelse i undervisningen lyfter jag i min presentation av erfarenheter bland annat fram just vikten av första språkets betydelse för inlärningen, samt gör referenser i samma syfte. Hela texten genomsyras av språkets och språkens betydelse för inlärningen.

Enligt Skolverket skall skolan stå på vetenskaplig grund och beprövad erfarenhet och mina samlade beprövade erfarenheter visar just hur viktigt det är med första språket för att nå framgång i andraspråksinlärningen.

Skolan är en bild av samhället i övrigt och när man tycker att skolan "förfaller" så är det egentligen samhället i stort som "förfaller". Därför faller ansvaret tillbaka på oss alla att ta ansvar för det. Skolan skall fostra. Men det ska även föräldrar och andra vuxna göra i samverkan med skolan.

Historik

Den svenska folkskolan grundades 1842 då man beslutade i riksdagen om en obligatorisk skolgång. 1858 infördes småskolan (åk 1- 2) för att alla barn skulle ha möjlighet att lära sig läsa. Så småningom ingick även åk 3 i småskolan. Först på 50-talet blev folkskolan 8-årig.

1962 infördes grundskolan och tio år senare blev den nioårig. Idag är den tioårig då barnen börjar vid sex års ålder i förskoleklass.

Sedan 1955 har den svenska grundskolan skolan haft fem läroplaner: Lgr 62, Lgr 69, Lgr 80, Lpo 94 och Lgr11. Det statliga styret växte fram successivt genom de inspektioner som gjordes och de bidrag som staten gav till fattiga kommuner.

Källa: Wikipedia (Folkskola i Sverige)

Nu ska vi läsa eller Lgr 62

Den ligger högst upp på bokhyllan ovanför de andra böckerna tillsammans med mina först barnböcker. Det är som om den fått en hedersplats tillsammans med de andra böckerna från 60-talet. Den här utgåvan är från 1963 och jag började skolan 1966 när jag var 7 år gammal.

Läseboken är full med bilder och bokstäver, ord och meningar. Metoden bygger på att man ska ljuda och den första bokstaven är O som i Orm. Meningarna är skrivna på vers och man lär sig både stora och små bokstäver samtidigt. Man får följa Tor och Lena i deras vardagsliv.

Jag har ibland funderat på om jag ska slänga den nedklottrade boken, men ändrat mig i sista stund. Det finns ändå något respektfullt i tanken att det här var min första resa in i språkets och språkens underbara värld.

Mellanstadiet eller Lgr 69

När jag var tio år började jag på mellanstadiet och vi var en äldre folkskollärares sista klass. Han var väldigt sträng och höll hela klassen i schack och det behövdes nog lite här och där. Läroplan för grundskolan 69 hade då klubbats igenom och vi hade fortfarande religionskunskap och vi fick lära oss kristendomens budskap från grunden.

Jag minns mellanstadietiden som väldigt tråkig och jag blev inte "väckt" ur min dvala förrän vi fick börja med engelska i sexan. Vi fick då en ung och mycket duktig pedagog som gjorde att jag tyckte det var väldigt roligt att plugga och där började min resa in i språkens värld.

Högstadiet - grundskolan blir nioårig

När jag skulle välja mellan att som tillval läsa konst och musik, ekonomi, teknik, tyska eller franska, så föll valet på konst och musik för min del. Jag hade under mellanstadietiden börjat att sjunga och spela gitarr allt mer och drömde om att bli sångerska vid sidan av att ha kennel eller bli journalist. Det var en ung flickas dröm. Jag fick aldrig tillvalet konst och musik eftersom gruppen var för liten då man skulle vara minst fem till antalet för att bilda en undervisningsgrupp.

 I protest valde jag franska eftersom jag inte ville att min mor skulle lägga sig i mina studier och varken teknik eller ekonomi var intressanta ämnen för min del.

Kanske var det min musikalitet som gjorde att jag föll pladask för det franska språket med sin musikaliska prosodi och pittoreska framtoning. Filmer med franskt tal fanns det inte så många i det svenska tv-utbudet på den tiden med enbart två kanaler.

Jag började även att läsa de franska lättlästa klassikerna på svenska eftersom min franska ännu inte nått den nivå som krävdes för att kunna läsa litteratur.

Under en termin valde jag maskinskrivning och tyckte det var jättetråkigt. Ironiskt nog är det nog den praktiska färdighet som jag haft mest nytta av efter min skoltid, först på den mekaniska skrivmaskinen när man skrev uppsatser på högskolan/universitetet och senare på dator när den gjorde entré.

Gymnasiet

Den här tiden betydde oerhört mycket för min bildning och startfält mot högre studier. Här kunde jag läsa både svenska, engelska, franska, spanska och så småningom även latin. Man kunde diskutera litteratur med lärarna och på rasterna med klasskompisarna. Något som man inte gjorde i det arbetarsamhälle som jag växte upp i. Om skolan någonsin gjort en utjämning i social bakgrund, så var det här.

Det var naturligtvis till största delen katederundervisning som gällde, men eftersom lärarna var så skickliga i sina ämnen var det ett nöje att lyssna på dem. Ingen pratade i mun på någon eller avbröt läraren heller, för den delen. Man räckte lydigt upp handen om man ville svara på en fråga eller själv fråga om något.

I mitten av sjuttiotalet kunde man börja arbeta direkt efter grundskolan om man så ville eller arbeta som praktikant. Det fanns fortfarande arbete som inte krävde högre utbildning eller lång erfarenhet. De flesta av mina kompisar hade valt att gå vårdlinjen, ekonomlinjen eller andra linjer som snabbt gav jobb efter avslutade studier. Själv hade jag valt en studieförberedande linje helt utan studiebakgrund och jag kommer ihåg alla livliga diskussioner mellan mig och min far gällande nyttan av att studera, vilket han ifrågasatte.

Efter gymnasiet:

Min första klass

Eftersom det var ont om lärare i slutet av sjuttiotalet bestämde jag mig för att söka jobb som lärarvikarie och fick ett vikariat i årskurs 5-6. Det var en åldersintegrerad klass på grund av att klasserna var så små och jag hade god vägledning av en äldre och erfaren kollega i årskurs 6. Andra året kom Lgr 80 ut och det ägnades många studietimmar till att läsa in sig och diskutera den nya läroplanen. I den betonar man även elevers rättighet till stöd för dem som behöver det på grund av annan språkbakgrund.

Min andra klass:

Andra året som jag jobbade som obehörig lärare var halvtid i en årskurs fem och halvtid i en särskild undervisningsgrupp. Den senare var en liten grupp elever som låg lägre än de övriga i matematik och svenska av lite olika individuella anledningar.

Vi satt längst ner i en källarlokal och det var trots det ändå rätt mysigt och vi kunde jobba i lugn och ro på den nivå som de behövde. På den tiden, dvs i början av åttiotalet, fanns det så kallade asterisk betyg och det innebar att de fick ett betyg som motsvarade en lägre nivå än den årskurs sex som de egentligen gick i. Men därigenom kunde man ändå motivera dem att göra sitt bästa när de fick ett bra betyg på papperet. Asterisken var en stjärna som fanns bredvid det betyg som eleven hade fått och stjärnan förklarades längst ner på betyget med väldigt små bokstäver.

Tredje året:

Det fanns vad man kallade fasta springvikarier som hoppade in med kort varsel och som hade en fast placering där man kunde hjälpa till om det inte behövdes något vikarierande just den dagen. Idag, fyrtio år senare har man gått tillbaka till det systemet i vissa kommuner.

Seminarietiden och Ltg

Efter att ha läst franska ett år på högskolenivå som enstaka kurs, kom jag in på lärarlinjen i min hemkommun. Nu hette utbildningen Lågstadielärarlinjen och den var samordnad med fritidspedagog-, förskollärare- och mellanstadielärare linjerna under första året. Vi hade gemensamma grundkurser i de flesta ämnen och under andra och tredje året delades man in efter den inriktning man valt.

Även om jag ägnat trettio av de drygt fyrtio åren som jag undervisat med att vara språklärare i svenska, svenska som andraspråk, franska och spanska, så har jag alltid känt mig trygg med den utbildningen i bagaget.

Läsning på talets grund: Ltg

Under åttiotalet när jag gick på högskolan skapades en ny läsmetod av lågstadieläraren Ulrica Leimar. Metoden heter Läsning på Talet Grund (Ltg) och bygger på olika faser i inlärningen av bokstäver, ord och meningar. I korthet går den ut på att man först samtalar om det som man har gemensamt i en konkret upplevelse, t ex en utflykt till skogen. Därefter gör man en gemensam diktering på tavlan med lärarens hjälp och där alla elever får vara delaktiga i formuleringarna.

Den bygger på elevernas engagemang och intresse för det som berör dem i vardagen. På så sätt höjer man motivationen för att snabbare lära sig läsa, samtidigt som man hjälps åt på vägen dit.

Det är en metod som används fortfarande, speciellt inom alfabetiseringen av vuxna inom SFI (svenska för invandrare).

Bo Sundblad kom ut med sin LUS - en bok om läsutveckling 1983. Den har reviderats under årens lopp, men är fortfarande aktuell inom läsundervisningen, även SFI.

Hemspråksklassen

Min första fasta tjänst var förlagd till en mellanstor låg och mellanstadieskola i Uppsala stad och man hade startat en spanskspråkig hemspråks klass för barnen till de föräldrar som kommit under andra halvan av sjuttiotalet och början av åttiotalet efter diktaturernas intåg i Latinamerika.

Man hade insett att det var viktigt för barnen och ungdomarna att ha en stabil grund i sitt första språk för att utveckla och bli bättre på svenska som andraspråk. De hade sin trygghet i klassen med barn från liknande bakgrund och sedan slussades de successivt ut i de vanliga svenska klasserna.

Jag tog ut dem till deras första undervisning i svenska och jag var väldigt tacksam över mina kunskaper i spanska från gymnasiet. Under den här tiden pratade man också mycket över betydelsen med kontrastivt lärande, dvs att läraren har god kännedom om inlärarens hemspråk för att på så sätt anpassa undervisningen därtill.

Skolan i Frankrike

Under åren 91 - 94 arbetade jag på en fransk statlig skola där man bedrev nationell undervisning enligt det franska skolsystemet, samt hade tio olika sektioner med undervisning på respektive språk.

Jag jobbade på den svenska sektionen och den delen var privat och drevs av en svensk föräldraförening med bidrag från svenska staten för de svenska elever som vistades där en tid. Eleverna hade hemspråk en förmiddag och en eftermiddag i veckan och när de gick ut gymnasiet så hade de en IB, internationell studentexamen som gav behörighet att söka in på universitet i både Frankrike och i detta fallet Sverige.

Man hade redan på femtiotalet när skolan startades alltså insett betydelsen av att behålla sitt hemspråk och samtidigt lära sig det nya landets språk. På nittiotalet hade Sverige många utbyten med internationella företag placerade i Paris och därför fanns det barn med både svensk-svensk, svensk-fransk och fransk-fransk bakgrund.

Det intressanta under de här åren var att se hur vi svenska beter oss likartat som våra invandrare gör idag i Sverige, dvs vi söker oss till varandra och umgås i "ghetton" där vi känner oss trygga. Det är kanske inte så konstigt eftersom vi alla eftersträvar trygghet och acceptans. Det var inte heller alla som lärde sig franska, speciellt inte de som var helsvenska familjer.

Oavsett varifrån du kommer och vart du kommer så kommer alltid ditt första språk att vara det viktigaste. De andra språken kommer dock att berika ditt liv.

Franska i skolan

Så när jag återvände till Sverige efter de här åren i Frankrike hade jag möjlighet att så småningom börja undervisa i franska på senaredelen som man hade döpt om högstadiet till.

Datorerna började göra entré i skolorna och som jag minns det så satt de mest och lekte på datorerna när tillfälle gavs. Man hade också en idé att eleverna själva skulle forska i olika ämnen. Men eftersom de saknade disciplin, metodik och grundläggande kunskaper i ämnena, samt i hur man forskar, blev resultatet oftast därefter.

Samtidigt hade den svenska skolan blivit kommunal 1991 och den skola jag återvände till var inte alls den samma som jag lämnat bara tre år tidigare på grund av läroplansreformen, kommunaliseringen och ändrad undervisningsskyldighet (USK), samt förtroendetid.

Tidigare hade skolan varit ett bra betalt halvtidsjobb, men nu blev det från en dag till en annan ett dåligt betalt heltidsjobb. Eleverna fick det inte bättre för att vi lärare fick det sämre.

På de mindre skolorna var det ofta så att lärarna fick "fuska", dvs undervisa i ämnen som de inte hade behörighet i. Detta var ganska vanligt i svenskundervisningen som ofta kopplades ihop med SO-lärarens tjänst. Svenskan blev på detta sätt ett stödämne till de samhällsorienterade ämnena och minskade således i betydelse som ett eget ämne. Kanske finns en del av förklaringen till varför svenska elevers läsförståelse sjönk under de åren fram till 2012 här.

De här mindre skolor betonade vikten av den sociala tryggheten i att kunna gå kvar i byn där man växt upp i stället för att bussas till en större högstadieskola. Det är sant att det fanns en hel del sociala vinster i den samordning av undervisningen som resulterade i en åldersblandad klass. Detta var ju egentligen inget nytt eftersom detta tillämpats i den gamla B-formen ute i byskolorna när de växte fram på 1800-talet.

Men att göra det till en pedagogisk idé är en annan sak och där hanterades denna undervisningsform olika från skola till skola inom samma kommun.

Lgr 11: Läroplan för grundskolan 2011

I den senaste läroplanen för grundskolan har man gjort ännu tydligare vad som ska göras och hur det ska göras.

När det gäller kunskapskraven, så har de tyvärr varit föremål för alltför många tolkningsvarianter på grund av de diffusa enstaka ord som skiljer de olika kriterierna från varandra. Men hur ska man kunna behålla likvärdigheten i skolan om man kan tolka olika? Man har parallellt med diskussionen kring tolkningen av kunskapsmålen föreslagit att Skolverket ska rätta de Nationella proven. Det är ju en god tanke.

Spanskan vinner och franskan försvinner

Eleverna är inte dumma. De väljer det som de tycker är intressant, spännande eller roligt. Spanskan är det andra språket i USA och den kulturen påverkar våra ungdomar. Sedan är det lättare att lära sig som nybörjarspråk och även att träna här i Sverige då det finns många med spanska rötter här sedan sjuttiotalet då många flydde från diktaturens Chile och andra länder i Latinamerika.

Effekten har blivit att det finns elever som egentligen inte är intresserade av att lära sig ett ytterligare språk, men som ändå måste delta i undervisningen. Det gör att en del elever antingen sitter tysta och gör ingenting eller gör sådant som de inte ska och därmed stör de andra i deras inlärning. Detta är ett skolproblem som oftast får pågå ett tag innan det blir åtgärdat och eleven får läsa svenska/engelska i stället. I klartext betyder det att de måste misslyckas först innan de får välja bort det man tidigare kallade B-språk.

SFI - Svenska för invandrare

De senaste åren har jag återkommit till att undervisa i svenska för invandrare på sfi komvux i en grannkommun. Där har man förstått betydelsen av de språkstödjare som man anställt för att på så sätt skynda på inlärningen i svenska, samt kunna bredda undervisningen till att även omfatta de Globala Målen.

Enligt inlärningens principer ska undervisningen ligga på lite högre nivå än där inlärarna befinner sig. Då går det framåt. Där har man mycket god draghjälp av just hemspråksstödjarna.

Cirkeln är sluten nu när man äntligen börjat inse det igen även om det egentligen är ekonomin som styr i kommunerna.

I pandemi tider så har undervisningen gått från att ha varit klassrumsundervisning till att omväxlande vara fjärr- och distansundervisning. Det har gått tack vare att eleverna fått låna chromebooks, samt att språkstödjarnas roll förstärkts.

Utvärderingen visar att eleverna - trots distansundervisningen - gått framåt och framför allt de yngre som haft lättare att anpassa sig till datoriseringen. Men även de andra har gjort stora framsteg i användandet av datorerna och man kan hoppas att det som de förlorat i svenskundervisningen under pandemi året, kompenserat med data vanan som de inte hade tidigare.

Sammanfattning/slutsats

Eftersom min essä inte är någon vetenskaplig uppsats utan endast ett försök att visa på vikten av hemspråkets betydelse oavsett vilket det är, så finns det ingen statistik att redovisa. Jag har istället velat dela med mig av mina erfarenheter och berätta varför jag har kommit till de slutsatser som jag har gjort. Men slutsatserna vilar på vetenskaplig grund där jag refererat till källan, samt på beprövad erfarenhet med fyrtio års erfarenhet som språklärare.

Språk är ett viktigt ämne som kommer att aktualiseras ju mer internationalisering fortgår. I framtiden kommer vi att behöva prata minst vårt hemspråk, engelska och ytterligare ett annat språk.

Svenska skolans uppgång varade under i stort sett hela efterkrigstiden fram till det att datoriseringen kom in i skolan.

Det var då som eleverna slutade läsa och ägnade sig mera åt datorspel på fritiden. Skolans iver att kompensera de elever som inte hade tillgång till datorer i hemmen gjorde att man tillät eleverna att "leka" mycket på datorerna. Den tiden hade de annars ägnat åt läsning i böcker (i skolans regi).

Samtidigt började man spara på läromedel eftersom nätet gav tillgång till information som var mera aktuell än det som fanns i böckerna. Detta påverkade läsförståelsen genom att man ofta tryckte ut eller laddade ner mera fakta inriktade texter med svårare stoff.

Vidare började man tala om att elever med speciella behov skulle få hjälp inne i klassen och inte i mindre grupper. Man använde "pedagogiskt" resonemang som skäl till att dra in på bland annat svenska som andraspråk och hemspråksundervisningen.

Alla elever tvingas att läsa ett främmande språk utöver svenska och engelska. De som redan har ett ytterligare språk med sig hemifrån har alltså redan i grundskolan fyra språk att lära sig. Det är ett till två för mycket för många elever som är svaga eller bara inte intresserade av språk. Språkinlärning kräver mycket arbete och alla orkar inte med detta utöver sina andra ämnen i den åldern.

De olika läroplanerna är en bild av samhällsförändringen och kan motiveras av den. Men de olika betygssystemen och de otydliga tolkningarna av det är alldeles för rörigt för att elever, föräldrar och lärare ska kunna implementera dem på ett korrekt sätt. Dessutom främjar de inte likvärdigheten när det finns olika sätt att tolka dem.

Förfallet kan dock inte skyllas på den ökade invandringen som kom 2015 eftersom den började redan på 90-talet. Däremot har det ju inte blivit bättre statistik av det faktum att många nyanlända inte hunnit lära sig svenska tillräckligt bra för att hänga med i all undervisning.

Pisa-rapporteringen

Pisa är en förkortning av Programme for International Student Assessment och är en internationell rapport och jämförelse av 15-åriga elevers förmågor i matematik, naturvetenskap, och läsning. Den startade år 2000 och genomförs var tredje år. Sedan dess har svenska elevers resultat sjunkit för att sedan visa en uppåtgående trend i samtliga ämnen från och med 2012.

Källa: Skolverket

Egen kommentar:

Den senaste rapporten har dock fått en hel del kritik på grund av metodfel i undersökningen, då man anklagats för att ha sållat bort nyanlända elever med svenska som andraspråk, vilket skulle bidra till att resultaten blir högre än de annars skulle ha varit.

Epilog

I det två timmar långa Agenda som sändes den 20/2-22 tog både forskare och politiker upp de problem som svensk skolan har och har haft. Politikerna är till viss del överens om vad som bör göras och man får hoppas att de kommer överens om en långsiktig och hållbar lösning.

Jag är oerhört tacksam över att jag fick gå i 1900-talets svenska skola eftersom jag - med kännedom om mig själv - kan säga att jag nog inte hade stått ut med de störande moment som finns i skolan idag. För framtidens barn och ungdomar önskar jag en lugnare och inte så splittrad skola, lite mer likt den jag själv gick i, men ändå full av möjligheter.

Språkkrav och krav på språket

Under våren har Statens offentliga utredningar (SOU 2021:2) lämnat ett delbetänkande kring kravet på kunskaper i svenska och samhällskunskap för att erhålla svenskt medborgarskap.

Parallellt har olika politiska partier framfört kravet på att våra nyanlända ska kunna göra sig förstådda och kunna förstå så att de kan arbeta och försörja sig själva. Det kan verka självklart att man ska kunna ett språk om man ska leva och bo i ett land. Man kan naturligtvis fråga sig hur det är möjligt att bo i ett land år efter år utan att kunna göra sig varken förstådd eller förstå det mest elementära i vardagsspråket.

Som språklärare har jag ofta fått frågan hur lång tid det tar att lära sig ett språk. Oavsett vad SOU kommer fram till så är det inte tillräckligt utan möjlighet till träning, träning och åter träning.

När moderaterna framför "Tydligare krav för ökad integration" så gör de det med syftet att de ökade kraven snabbare ska leda till jobb och därmed snabbare integration. Det blir ett moment 22 av det resonemanget eftersom jobben inte blir fler för att kraven blir det och för att det finns andra bakomliggande orsaker till att man inte lär sig språket.

Precis som svenskarna i Spanien hittar våra invandrare olika strategier för att klara sig i vardagslivet. Men oftast stannar inlärningen därvid. Och även ambitionerna att lära sig språket på djupet.

Under mina fyra år i Paris jobbade jag som lärare jobbade på en internationell skola och hade kollegor från tio olika nationer. Där fanns bla en svenska kollega som bott där i fem år och som inte lärt sig mycket franska. Kanske för att det var alldeles för lätt att välja att umgås med de amerikaner och britter som också bodde och verkade i samma förort. Detta känner jag igen från Gamla Näsby, där jag bor nu. Det är också ett segregerat område om än i ett annat socialt sammanhang.

Men om man inte har möjlighet att träna praktiskt i affären, med grannen, en ny kompis eller vän, hur ska man då kunna utveckla språket? Vi svenskar är ofta stressade och har bråttom med massor av aktiviteter som inte tillåter oss att sätta oss ner och prata med grannen från Eritrea eller Syrien.

Så snälla, innan du framför krav på språket - fråga dig vad du själv kan göra för integrationen. Det betyder mer än du tror. När du delar med dig av din tid, gör du något värdefullt för den som behöver det och du vet aldrig ifall du själv blir flykting en dag, oavsett om det är av politiska eller miljömässiga skäl.

Gunki Ström/sfi-lärare (legitimerad lärare i svenska, franska och spanska)

Filmrecension: Pelle Erövraren

I den ständigt återkommande diskussionen kring invandring och dess konsekvenser glömmer man lätt bort att det fanns en tid då vi svenskar utvandrade av ekonomiska och sociala orsaker. En film som belyser detta ämne är Pelle Erövraren, som bygger på Nexös första del om Pelles barndom. Filmatiseringen gjordes 1987 av Bille August och filmen fick en Oscar för bästa manliga huvudroll (Max von Sydow).

Pelle bor med sin far Lasse i Tomelilla på 1870-talet. Hans far är nybliven änkeman och de lämnar byn för att söka tjänst som lantarbetare på en gård på Bornholm. De har inte pengar att åka till Amerika och eftersom hans far är till åren kommen, så blir de erbjudna arbete sist av de som söker jobb.

Pelle och Lasse får till slut arbete på Stengården som ägs av godsägaren Kongstrup. De bor bland djuren i stallet och de blir förtryckta av både lantbrukseleven och förvaltaren. Pelle får en kompis i Kongstrups "oäkta" barn Rud, som hjälper honom med vallningen av korna. Han ser också upp till drängen Erik, som väcker drömmen hos honom att han ska ge sig av och upptäcka världen och erövra den.

Lasse drömmer om en ny kvinna och han träffar fru Olsen, vars man varit försvunnen till sjöss och som hon tror omkommit på havet. Lasse ska precis flytta in till henne när herr Olsen plötsligt kommer tillbaka. Lasses dröm om ett bättre liv går är nu borta. Erik gör uppror mot förvaltaren och efter en olycka blir han hjärnskadad och Erik kommer inte att kunna ta sig ut i världen.

Filmen är fortfarande aktuell då den berättar en historia som är tidlös och ständigt upprepar sig - i Sverige idag och överallt i världen där det finns invandrare. Den är inte bara ett tidsdokument, den är även en lysande skildring om hur människor påverkas av yttre omständigheter.

Allt som inte sas - epitafium över min mor

Inledning

Genom fönstret till blombutiken såg hon prästen komma cyklande i full fart uppför backen med den svarta prästrocken fladdrande runt benen och den vita kragen i kontrast mot den svarta rocken. Han måste vara sen, tänkte hon i det att hon betalade den röda rosen som skulle vara handblomma till begravningen.

Inne i kyrkan hade de få sörjande samlats på olika sidor i kyrkorummet, familj och släkt till vänster och övriga på höger sida. Det såg lite märkligt ut med fler personer på högra sidan än på vänstra sidan. Men så vart det. När släktena dör ut och det inte finns så många efterföljande blir det så.

Prästen dök upp under tiden som klockorna slog sina klangfulla slag och han tittade ner när han gick upp mot koret, där han bugade sig, vände sig om, tittade upp och verkade studsa till nästan omärkbart, men endast nästan. Framför honom var den högra sidan nästan tom och de som satt där kände han inte igen och de verkade vara av utländskt ursprung. Det var inte den syn som han hade väntat sig, av den nästan omärkbara reaktionen att döma.

Den lokala begravningsentreprenören stod för musiken tillsammans med den pensionerade musikläraren. I den här byn kände alla varandra och dottern till den avlidna var väl bekant med dem. Prästen hade begravt både farfadern och farmodern för ett antal år sedan. Därför blev dottern mycket förvånad när han höll sitt griftetal över den avlidna och det var så pass opersonligt att hon, dottern, undrade om han tappat de anteckningar som han borde ha fört när de per telefon pratats vid före begravningen. Dottern hade då berättat om de engagemang som modern hade haft i olika föreningar, arbeten och ideella organisationer under sitt långa arbetsliv.

Det tal som presenterades var helt opersonligt och som hämtat ur en mall för att passa in på vem som helst som haft ett långt och aktivt arbetsliv. Ännu mer förvånande var det med tanke på prästen faktiskt haft kontakt med modern genom den arbetsplats som hon hade haft under sjutton år.

De tillresta latinamerikanska vännerna till dottern hade kommit ner från mellansverige för att visa modern sin respekt inför den sista vilan, samt för att stötta dottern eftersom fadern var inlagd på sjukhuset och inte kunde närvara vid begravningen. Hon log inombords åt det faktum att de närmaste vännerna till henne själv var lika mörka som modern varit med sitt blåsvarta hår. Själv var hon - likt fadern - blond och blåögd och när hon och modern varit på morbroderns begravning i norra mellansverige, så hade prästen frågat henne - dottern, i vilket förhållande hon stod till den avlidne eftersom alla var svarthåriga eller vitt gråhåriga utom hon själv.

Modern hade sett ut som en utlänning när det var sommar, soligt och varmt. Hon hade tyckt om att sola och detta hade medfört att ansiktet hade blivit mycket rynkigt med tiden, En gång hade ett barn som sett henne utropat högt till den generade mamman "Titta, vad tanten är skrynklig!"

På sjuttiotalet när hon och modern hade åkt tillsammans över Sundet till Danmark, hade hon låtit dottern bära över de tunga flaskorna med körsbärsvin och annat starkt, dels för att hon inte orkade bära dem själv och dels för att dottern såg så oskyldig ut med sitt blonda hår och blåa ögon.
Modern själv blev alltid stoppad i tullen när hon återvände till Sverige.

-   -   -

Begravningslunchen var förlagd till dotterns hem där hon själv tillagat en lammstek och förberett för ett tiotal personer. Prästen hade avböjt att följa med och de andra tjänstgörande kunde inte heller komma. Det kändes lika bra det, tänkte dottern.

Många minnen delades bland middagsgästerna och de blev både skratt och tårar i vanlig ordning. Men redan samma kväll bestämde sig dottern för att begära utträde ur Svenska Kyrkan med anledning av den opersonliga begravning som modern fått och som dottern hade väntat sig mer av.

I.

Modern hade växt upp i en mindre stad i södra Norrland med en industri som livnärde de flesta av den lilla stadens invånare. Hon var andra barnet i en tjänstemannafamilj där fadern hade varit bokhållare på ett företag inom den norrländska skogsindustrin och modern varit husfru på samma företag. Det var så modern och fadern hade träffats. Den tolv år äldre brodern kom hon aldrig överens med eftersom hans politiska inställning var åt vänster och hennes åt höger, vilket hade resulterat i ett medlemskap i unghögern under en tid. Osämjan med den äldre brodern hade bland annat resulterat i diverse hyss från hennes sida när hon växte upp och hon berättade själv att hon tömt hans akvarium på fiskar och vatten så att hennes far fick betala skadestånd till grannarna i lägenheten under på grund av vattenskadan som det hela orsakat. Brodern hade börjat jobba direkt efter den sexåriga folkskolan på det stora företaget och hans musikintresse hade gett honom kontakter med diverse musiker och han var medlem i en för den tiden känd musikers band och som också kom från samma stad.

Modern hade fått en praktikplats hos en av stadens privatpraktiserande tandläkare genom de kontakter som fadern hade. Men på grund av den nickelallergi som hon fick i kontakten med amalgamet hade hon valt att sluta och börja jobba på kontor i stället. Det passade henne som hand i handsken eftersom hon alltid såg till att vara propert klädd och dessutom gjorde sitt jobb på ett noggrant och effektivt sätt. Detta drag gjorde henne populär hos arbetsgivarna och det var något som skulle följa henne under hela livet. Hennes handstil var dessutom mycket fin och hennes känsla för svenska språket var förvånansvärt gott med tanke på den korta skolgången och frånvaron av litteraturläsning från hennes sida. Hon pratade även rikssvenska eftersom hon flyttat runt i Mellansverige och på så sätt fått en utslätad dialekt, vilket i sin tur också gjorde att hon i perioder tjänstgjorde som telefonist då hennes tal var tydligt. Detta hade hon även anammat på den lilla dottern som redan som fyraåring hade lärt sig att svara korrekt i telefon.

Trots att hon hade haft möjligheten att läsa vidare på realskolan hade hon valt att börja jobba och innan hon gifte sig var hon ute med sina väninnor i svängen, det vill säga på stans dansställen och umgicks med likasinnade. Det var också genom sitt stora intresse för att dansa som hon så småningom träffade sin blivande man.

Liksom dagens ungdomar söker sig ifrån sina uppväxtplatser för att söka lyckan utanför hembygden, sökte hon så småningom jobb i Gävle och Stockholm där hon bodde i fem år på varje plats. Efter sin odyssé kom hon slutligen till Nyköping, där hon fick jobb som kanslist hos polisen. När hon träffade den stora kärleken på ett av stans danshak hade hon redan stadigt sällskap med en av poliserna, som hon var förlovad med och som i svartsjuka hotade att skjuta sin rival. Det gick så långt att de fick ta hans tjänstevapen ifrån honom.

Hon berättade gärna för anhöriga om de eskapader som hon var med om som anställd hos polisen. Ett minne som är svårslaget var när hon var med som kanslist och skrev åt den kända rättsläkaren, som bland annat åt medhavda mackor när hon undersökte liken och även hade åkt tåg med en skalle från en människa i sin resväska. Sant eller inte, så var det en av alla historier som dottern fick ta del av under sin uppväxt.

När Elise och hennes stora kärlek så småningom flyttade ner till Skåne som var hans hemvist, hörde hon på radion att en av hennes arbetskamrater inom polisen blivit skjuten av en av dåtidens mest kriminella män.

Under sina år i den lilla mellansvenska staden var hon även flyglotta - ett engagemang som fanns kvar sedan andra världskriget då alla förväntades bidra med det de kunde. Hon var därför inkallad till och från för att sköta det administrativa på den närmaste flygflottiljen. Detta gällde även när hon hade flyttat ner till Skåne med sin man och dotter.

Anledningen till att de flyttade ner till Skåne var faktiskt hennes val eftersom hon tyckte att det var så gemytligt och trevligt varje gång som de var nere på besök hos mannens föräldrar i det lilla samhället. För mannens del spelade det ingen roll var de bodde eftersom han ofta låg ute och arbetade var som helst i hela Sverige.

Det blev en del kulturkrockar i den bemärkelsen att hon var van vid stadsmiljö och den jargong som man hade där. Bland det första som hon fick lära sig var att inte prata illa om någon eftersom alla var släkt med alla på ett eller annat sätt. Klimatet var dessutom annorlunda här med regniga och blöta vintrar, vilket var jobbigt i början även för en syd norrlänning. Språket var inte heller självklart eftersom den tidens dialekt eller vokabulär inte var lika utslätat som idag. En annan sak som gjorde henne förvånad var att vissa människor i byn gavs företräde i affärerna, något som hon inte alls var van vid. Hennes reaktion och yttrande i frågan, det vill säga ifrågasättandet av varför den och den personen skulle servas före andra i kön, gav henne en del respekt från bybornas arbetarklass, som inte själva vågade ifrågasätta då de gick i invanda mönster.

Hon jobbade först som vikarie i en av de tre fabriker som blomstrade under sextio talet och hade sedan möjlighet att få fast anställning, vilket hon avböjde eftersom de många åren i kontorsstol nu började ge henne ryggsmärtor, som blev värre med tiden. I början av sjuttiotalet fick hon möjlighet att vikariera för en väninna på friluftsbadet i kommunen och det resulterade så småningom i sjutton år i simhallen. Det passade henne utmärkt med de sociala kontakterna, redovisningarna och möjligheten till att röra på sig och inte sitta still. Hon höll även god ordning i den så kallade cafeterian där den tidens ungdomar höll till. De visste vad som gällde och hon lät dem vistas där så länge de skötte sig, vilket uppskattades. De erbjöd sig även att följa henne hem då hon var mörkrädd för att gå hem på vintern när hon slutade sent. Vad hon inte visste var att de hade knivar i stövelskaften och det hände en mycket tragisk olycka under de åren med inblandning av en del av de ungdomar som hon brukade träffa på jobbet.

Hon blev snabbt en profil i byn eftersom alla visste vem hon var då simhallen var en av byns samlingsplatser med idrottshall och bowlinghall i anslutning till badet. Hon blev till och med utsedd till byns profil bokstavligen i den tävling som byborna skulle gissa vem som dolde sig bakom den svarta profilen. Ingen av de närmaste visste något förrän det avslöjades offentligt.

Under tiden i simhallen engagerade hon sig ideellt för simklubben, där hon blev lotteriföreståndare. Detta engagemang ledde sedan vidare till att hon åkte med simklubben till Ottsjö för att leda klubbens ungdomar i skidutflykterna. Hon var ju van skidåkare sedan barnsben eftersom hon växt upp med snöiga och kalla vintrar i sitt hemlandskap.

Människor som sticker ut, det vill säga skiljer sig från mängden, blir antingen älskade eller hatade. Så var det nog med min mor. Hon var väldigt bestämd och tydlig i sina åsikter, men även rak och ärlig. Samtidigt blev nog en del skrämda av hennes rättframhet och barskhet. Hon var mörk som en invandrare och hade bruna ögon vilket gav henne ett skarpare utseende än om hon varit ljus och blåögd likt de flesta i det nordskånska samhället som hon damp ner i. Det hon blev uppskattad för var just av samma skäl som hon blev ifrågasatt för. De som uttrycker sin åsikt på ett rakt och frankt sätt blir inte alltid populära, framför allt inte om man ruckar på den invanda och trygga ordningen i ett samhälle.

Just dessa egenskaper är nog de som hon tydligast fört över på mig som dotter. Ärlighet lärde jag mig redan när jag var tre år och hade varit med henne hos en grannfru. På vägen nerför trapporna i hyreshuset såg hon att jag hade något i handen - en leksaksbil - och hon frågade var jag hade fått den ifrån. Eftersom den inte var min fick jag trava uppför trapporna och lämna tillbaka den själv. Det är något som präglat hela mitt liv även om jag ibland förbannat mig själv över denna överdrivna ärlighet. Ser jag en guldring ligga övergiven på en toalett så låter jag den ligga kvar eftersom jag tänker att den som saknar ringen kommer tillbaka och letar efter den där.

Det faktum att vi flyttade ner till Skåne när jag skulle börja skolan har ju också påverkat mitt liv eftersom jag tidigt blev varse kulturella och språkliga skillnader inom landet. Min accent finns fortfarande kvar från mellansverige och även om jag har en skånsk prosodi så uppfattar skåningar mig som upplänning och upplänningar mig som sydlänning. Så kan det bli!

Men den språkliga medvetenheten har påverkat mitt yrkesval och livsval i mångt och mycket.

III.

Min mor och jag brukade resa tillsammans ute i Europa under sjuttiotalet när det blev populärt att resa med buss genom Europa. Första gången var när jag ville åka till Paris och var femton år, alltså för ung för att åka själv på en sådan resa. Det roliga var ju att ingen förstod att vi var mor och dotter - utom när vi bråkade för då framgick det tydligt och klart vilken relation vi hade. Min far som hade varit resemontör i tjugofem år och dessutom varit på sjön som ung var inte så intresserad av att resa längre medan min mor som tyckte det var spännande att komma utanför Sveriges gränser gärna följde med så länge som hon kunde och orkade.

När jag flyttade till Uppsala var det hon som var och hälsade på med jämna mellanrum och blev bekant med de tillresta begravningsgäster som hedrade hennes minne. Hon fann sig i att sitta med ett helt gäng som pratade spanska och att hon inte förstod så mycket. När vi frågade hur det kändes svarade hon att det inte gjorde något eftersom det var så trevlig stämning. Kanske kände hon en viss samhörighet med dem på grund av sitt utseende, inte vet jag!

Under mina år i Paris var det hon och ibland någon väninna som tog bussen ner och hälsade på. Hon anpassade sig snabbt i nya miljöer och fixade att på egen hand pruta när vi var ute och det kom försäljare fram och ville sälja något. Trots att jag oftast behärskade språket där vi var, var det hon som klarade av just den biten bäst.

Min mor var även väldigt hjälpsam när det krisade och jag minns en gång när vi reste till Spanien på en charterresa och en ensamstående mor med son blev av med sina pengar. Hon lånade dem pengar så att de skulle klara sig under veckan och jag vet att jag uttryckte tvivel om hon skulle få igen dem. Men det fick hon och jag hittade tackbrevet från den ensamstående modern adresserat till min mor flera år efter att hon gått bort.

När jag fick min första fasta tjänst i Uppsala och skulle flytta dit hade jag ingenstans att bo och det var inte alls självklart att hyra något i första hand direkt när man kom utifrån. Hon lyckades komma på att hon hade en gammal barndomsvän som hon letade upp telefonnumret till och jag fick bo hos barndomsvännen några dagar innan jag hittade ett eget rum att hyra. Det skulle för övrigt ta två år att få tag på egen bostad med förstahandskontrakt. Men det visste jag naturligtvis inte då.

Efter det att jag kommit hem från Paris hade min mor hunnit bli sjuttio år och de sista tio åren kantades av alltmer tilltagande sjukdom. Det hade börjat många år tidigare med att hon gick ner kraftigt i vikt och för efter tio år kom man på var det var. Därefter fick hon medicin som hon fick ta livet ut, men hon gick aldrig upp i vikt igen. Hon började röka när hon var tretton år gammal och när hon fyllt sjuttiotre, det vill säga exakt sextio år senare, drabbades hon av lungemfysem. Hon brukade säga att det var hon och Hagge Geigert, den rikskända nöjesprofilen, som drabbats av samma sak. Det ena gav det andra trots att hon hade slutat röka efter det första beskedet och de sista åren var det mycket ut och in på sjukhuset för att få syrgas när KOL tog över allt mer.

Den sista veckan låg hon i halvdvala och sjukdomen gjorde att luften bokstavligen gick ur henne. De ringde till mig på jobbet från boendet och sa att det var dags att komma. Hon levde fortfarande när jag kom dit på eftermiddagen. Jag stannade över natten och på morgonen var jag tvungen att åka till stan och hämta hundmat åt hunden som hade fått vara kvar på dagiset över natten. Jag sade då till henne att vänta tills jag kom tillbaka. Fyrtio minuter efter det att jag var hos henne igen, somnade hon lugnt och stilla in. Hon vägde då endast sjutton kilo.

Min mors utländska utseende, humör och rättframhet hade under många år skapat funderingar både hos henne själv, hos mig och min far om hennes härkomst. Det hade spekulerats om i hennes barndomsstad om hennes mor hade varit otrogen med en kringresande predikant eftersom hennes far var blond och blåögd. Vi brukade skoja om att hon liknade Refad El Sayed när hon var kortklippt och brunbränd på grund av rynkorna. Ibland kallade vi hennes Fru Taikon när hon var riktigt svartbrun av solen. Hon tog inte illa upp och skrattade mest åt det.

Hon gick bort innan det blev möjligt att ta DNA prov och på så sätt få reda på mer om sin bakgrund. Därför beslutade jag mig för att göra ett sådan test när det blev lite vanligare och därmed också billigare. Jag hade väl en förhoppning som gammal francofil att jag skulle hitta en del franska släktingar, vilket hade varit roligt. Kanske skulle det avslöjas något helt oväntat som judisk och/eller rysk bakgrund. Det svar som jag fick var väl till viss del väntat, men absolut inte fullt ut.

Resultatet visade 65, 4 procent skandinaviska och det var ju inte så konstigt eftersom jag växt upp i Sverige med två svenska föräldrar. 22,1 procent nord- och västeuropeisk bakgrund kan nog härröra till att min mor förmodligen hade förfäder från Vallonien i nuvarande Belgien/Frankrike med tanke på den stad hon kom ifrån och där det funnits många valloner en gång i tiden. Vad jag däremot inte var beredd på och som jag aldrig hört talas om var att jag hade 12,5 procents finländsk bakgrund. Det betyder ju att det är så nära som far- eller morföräldrar.

Min mor hade ett norskt släktnamn innan hon gifte sig och det skulle enligt min mor ha haft sitt ursprung från min morfars sida. Jag blev ju döpt den sjuttonde maj av någon anledning. DNA- matchningarna är tydliga här också och visar på en del avlägsna släktingar i Norge.

Den finländska bakgrunden måste ha varit på min mormors sida och de matchningarna är också väldigt tydliga. Min mors rättframhet kanske kommer från denna del i hennes genbank och jag har väl själv fått en slev av den egenskapen, skulle nog några skriva under på. Men det får bli ett framtida detektivarbete att söka efter de oväntade rötterna.